鬥嘴一班 ⑰

追夢小廚神

□瑩 著

新雅文化事業有限公司
www.sunya.com.hk

第一章　初試啼聲　6

第二章　不期而遇　20

第三章　偏食的廚師　30

第四章　誰說男生不能入廚　41

第五章　無敵鐵三角　52

第六章　必勝秘方　68

第七章　最不專業的智囊團　78

第八章　拜師學藝　88

第九章　正面交鋒　102

第十章　美好的友誼　116

第十一章　雖敗猶榮　125

第十二章　眾望所歸　134

人物介紹

高立民

班裏的高材生，為人熱心、孝順，身高是他的致命傷。

文樂心

（小辮子）

開朗熱情，好奇心強，但有點粗心大意，經常烏龍百出。

江小柔

文靜溫柔，善解人意，非常擅長繪畫。

胡直

籃球隊隊員，運動健將，只是學習成績總是不太好。

黃子祺

為人多嘴，愛搞怪，是讓人又愛又恨的搗蛋鬼。

周志明

個性機靈，觀察力強，但為人調皮，容易闖禍。

吳慧珠 (珠珠)

個性豁達單純，是班裏的開心果，吃是她最愛的事。

謝海詩 (海獅)

聰明伶俐，愛表現自己，是個好勝心強的小女皇。

第一章 初試啼聲

一束炙熱的日光，大模大樣地爬到吳慧珠的臉上，把她從睡夢中喚醒

過來。然而，她才睜開眼睛，便隱隱感到有點兒不對勁。

媽媽一向要求她早睡早起，哪怕是周日也不例外，但此時陽光已跑進屋裏來，估計應該是接近中午的時間了，卻仍不見媽媽來喚她。

正當她感到疑惑之際，客廳突然傳來「啪」的一聲響。

　　「難道家裏進賊人了嗎？」吳慧
珠心頭「咯咚」一跳，連忙躡手躡腳
地走下牀，伸出半張臉往客廳一探究
竟。

　　一本雜誌跌翻在沙發旁邊的地

上，吳媽媽正低垂着頭，整個身子歪倚着沙發，看似很痛苦的樣子。

珠珠擔憂地上前輕拍她的肩膀：「媽媽，你怎麼了？」

「沒什麼，只是偏頭痛的老毛病又犯了！」吳媽媽輕揉着額角，乏力

地看了看牆壁上的掛鐘，「哦，原來已經是十一時多，我得預備午餐了！」

吳媽媽掙扎着站起身來，緩緩地向着廚房走去。

看着媽媽蒼白的面容，吳慧珠不忍地說：「媽媽，不如由我來做飯吧！」

「你？」吳媽媽先是一愕，然後苦笑着搖頭：「算了吧，你懂什麼？」

吳慧珠的眼睛伶俐地一轉，主

動提議說：「既然媽媽身體不適，不如就熬一鍋肉碎粥好嗎？」

「你懂得做嗎？」吳媽媽難以置信地睜大眼睛。

吳慧珠信心十足地說：「雖然我從未入廚，但自小便在旁邊看着你做飯，怎麼說也略知一二，況且我還有你從旁指導嘛！」

吳媽媽見她一片孝心，心裏很感

動，便決定姑且讓她一試。

　　「這也不難嘛！」聽完媽媽解說熬粥的步驟後，珠珠的信心更是倍增，二話不說便走進廚房動起手來。

　　倒是吳媽媽千萬個不放心，不時

在廚房門外徘徊，既害怕她會把東西弄翻；又擔心她會不小心燙傷，心裏更暗自懊悔：「唉，我真不該那麼輕率地答應她！」

及至珠珠真的把一碗熱騰騰的肉碎粥端到她面前，她拿起勺子淺嘗了一口，臉上那繃緊的神情刹時消失得無影無蹤，取而代之的，卻是一彎既驚且喜的微笑：「唷，沒想到味道挺好啊！」

得到媽媽的讚許，珠珠神氣地挺了挺胸膛，嘻嘻笑

道：「這是當然，我可是媽媽的寶貝女兒啊！」

吳媽媽高興得連頭痛都忘了，趕緊取出手機，將珠珠的「傑作」拍了下來，並把照片上載到自己的社交平台，照片下方還附加了一句：「雖然頭痛欲裂，但能嘗到女兒為自己親自下廚熬的粥，比吃什麼止痛藥都更有效呢！」

照片才剛放上去，隨即引起了一陣小騷動。

江小柔的媽媽率先在上面留言：「珠珠很能幹喔，有潛質！」

 吳媽媽 　　　　　　　　　　　•••

20個讚好

 吳媽媽 　雖然頭痛欲裂，但能嘗到女兒為自己親自
下廚熬的粥，比吃什麼止痛藥都更有效呢！
查看全部10則回應

 江媽媽 　珠珠很能幹喔，有潛質！

 文媽媽 　真羨慕你啊！如果我家那個寶貝能有珠珠
一半的懂事，我便心滿意足了！

 高媽媽 　還是女孩子較細心，懂得體貼媽媽！🖤🖤

文樂心的媽媽也接着回應：「真羨慕你啊！如果我家那個寶貝能有珠珠一半的懂事，我便心滿意足了！」

　　高立民媽媽也留下了兩個大紅心：「還是女孩子較細心，懂得體貼媽媽！」

　　珠珠沒想到自己的一時興起，不但能博得媽媽歡心，還獲得其他媽媽的一致好評，令她樂滋滋的。

　　第二天回到學校，她的一隻腳才剛踏進教室，便被文樂心、江小柔和高立民等同學圍起

來了。

　　高立民斜着眼睛把她重新打量一回：「珠珠，你真夠厲害，聽說你懂得做飯啊，什麼時候也讓我們嘗嘗你的手藝？」

　　吳慧珠不禁臉紅地說：「不是啦，其實我什麼也不懂，只是隨便亂

做呢!」

江小柔熱心地鼓勵她:「沒關係啊,不懂就學嘛!我的畫之所以比別人的漂亮,也是因為我有跟美術老師學繪畫啊!」

「沒錯沒錯!」文樂心連聲附和,還笑嘻嘻地加上一句,「如果珠珠學會做飯,我們以後便有口福了!」

雖然大家都是隨口一說,但聽進珠珠耳裏後,卻轉化成一團星火,「嗖」的一聲溜進她的心窩,燃亮了那顆對烹飪早已萌芽的心。

第二章 不期而遇

自此以後，吳慧珠不時都會主動入廚，跟媽媽學做一些簡單的家常菜，甚至自發地跑到圖書館找來相關的食譜，然後照着做，倒也做得像模像樣，連爸爸媽媽也讚不絕口。

一個周末的下午，當珠珠把一款剛做好的特色甜點送到媽媽面前時，竟順勢挽着媽媽的手，嬌聲嗲氣地游說：「媽媽，我真的很喜歡烹飪，不如你讓我上烹飪班吧，好不好？」

吳媽媽皺一皺眉頭說：「平日

不如你讓我
上烹飪班吧，
好不好？

裏，別說你會幫忙做家務，就連做功
課也要我在旁督促，自己的東西更是
隨處亂丟。如果我再讓你上烹飪班，
情況豈不是會變得更糟？」

吳慧珠趕忙笑着說：「不會的！我答應你以後一定會做好，好嗎？」

吳媽媽搖搖頭，擺出一副「知女莫若母」的神情說：「這種承諾的話，不能隨口亂說，話一旦出口，便得言出必行啊！」

吳慧珠連忙豎起手指作發誓的樣子：「我保證一定可以做到！」

吳媽媽見她表情堅定，似乎真的很有誠意，便點頭道：「好吧，如果你能說到

做到，我便答應你！」

「一言為定啊！」吳慧珠高興極了。

吳慧珠的確不是信口開河，在接下來的日子，她每天放學回家都沒有再像過往那樣拖拖拉拉，不但一氣呵成地完成所有功課，還會主動幫忙做些簡單的家務。

就這樣過了一個多月後，吳媽媽終於如珠珠所願，為她報名參加了她人生中的第一個烹飪課程。

這所廚藝學校的規模不小，不但面積寬敞，裝潢和設施也很講究。當

珠珠第一步跨進教室時，便立刻被眼前的一切所震撼住。

她攤開雙手，站在原地轉了一圈，大驚小怪地喊：「嘩，這兒哪像是教室？簡直就是一間設備完善的大廚房啊！」

教室分為中式和西式兩種，每間教室設有十多張煮食用的工作枱，每張工作枱除設有獨立的水槽及煮食爐外，還備有各種各樣的入廚用具，設備十分齊全。

此時時間尚早，吳慧珠見教室裏沒有人，便好奇地到處東摸摸、西看看。正當她拿起一個電動攪拌器細看時，突然背後有人取笑她說：「連正規的廚房也沒有見過嗎？真是少見多怪！」

吳慧珠頓時嚇了一大跳，握着攪拌器的手一抖，手中的攪拌器便幾乎

要掉到地上去，幸好她反應敏捷，及時反手一抓，攪拌器才不致於落在地上。

真險啊！吳慧珠捏了一把
冷汗，連忙回身一看，只見一
位年紀跟她差不多的男生正交
叉着雙手，對她嘻嘻地壞笑着。

　　然而，當她看清楚了那人
的長相時，立刻驚訝不已地張
大嘴巴喊：「怎麼會是你？」

原來吳慧珠看到的那張熟悉的臉孔，就是她班上的同學周志明。

怎麼會這麼巧的？吳慧珠忍不住伸手指着他，衝口而出地問：「你來這兒做什麼？」

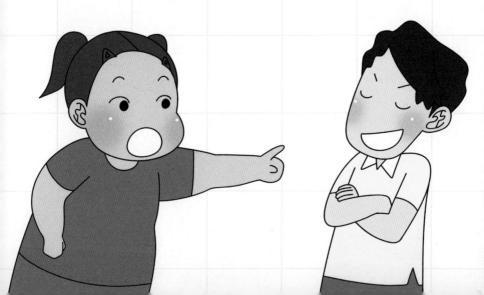

周志明不耐煩地昂一昂鼻頭：「你來這兒做什麼，我便來這兒做什麼！」

吳慧珠瞪大了眼睛：「不是吧？你也喜歡烹飪？」

周志明不滿地輕哼一聲，對她做了個鬼臉：「難道就只許你能喜歡做菜，我就不能嗎？」

吳慧珠連忙解釋道：「我見你平日那麼偏食，以為你應該不愛吃東西，沒想到你竟然會喜歡烹飪！」

「偏食又如何？做和吃是兩碼子事，根本沒什麼衝突吧？況且我雖

然不吃蔬菜，卻特別愛吃肉，無論豬肉、牛肉、魚肉、雞肉還是羊肉，全都是我的心頭好！」周志明笑着攤一攤手，「而且，正因為偏食，才更應該學好廚藝，這樣才能隨心所欲地吃到自己喜歡的美食啊！」

吳慧珠被他這一連串似是而非的道理，弄得有點頭昏腦脹，撓着頭髮笑道：「聽你這樣説，好像也頗有道理嘛！」

他們説着説着，一位女老師已經進來，第一堂烹飪課正式開始。

烹飪老師親切地笑着説：「各位

小朋友，我是趙老師。由於今天是第一堂課，我得先了解大家的烹飪水平，故此特意選了一道較簡單的菜作為入門，就是——五彩蛋包飯。」

「趙老師，什麼是『五彩蛋包飯』？」周志明立刻舉手問。

「這位同學問得

好！」趙老師笑着點頭，「一道菜不單要味道好，還得講究美觀，要令人垂涎三尺，才稱得上出色。而這道『五彩蛋包飯』，就是利用食物本身的顏色，譬如：翠綠的青椒、淡黃的粟米、橘紅的番茄等食材，製作出色、香、味俱全的菜式。」

待趙老師把製作方法講解完畢後，便輪到同學們自己動手了。

吳慧珠在家裏曾經多次入廚，這道「五彩蛋包飯」對她來說一點也不難，她很快便掌握了菜式的做法，並開始預備各種材料。

周志明也一臉自信地說：「看起來沒什麼難度啊！」

當珠珠握着刀切紅蘿蔔的時候，站在旁邊看着的趙老師點頭讚道：「嗯，做得不錯，但姿勢可以再改善一下！」她邊說邊接過珠珠手裏的菜刀，親自

為她示範。

　　經過趙老師的指導後，珠珠的握刀姿勢馬上得以改善，切菜時也就更得心應手，很快便把所有食材準備妥當，可以正式燒鍋炒菜了。

　　至於另一邊的周志明，同樣開始拿起鍋鏟炒菜。吳慧珠雖然不清楚周志明是否有做菜的經驗，但單憑他握着鍋鏟時那副淡定的樣子，便能猜出他必定不會是新手。

　　炒菜對於周志明來說原本不難，只可惜他並未注意爐火開得有點過猛，米飯才剛放進鍋裏，便迅即黏住

了鍋底。即使他立刻察覺，把爐火關掉，也無濟於事了。

眼看自己花了半天的心血瞬間化為烏有，周志明不禁既生氣又惋惜地跺一跺腳：「哎呀，我的炒飯啊！」

哎呀，我的
炒飯啊！

他回頭往珠珠的方向一瞄，只
見她已把呈半月形的蛋包飯穩穩妥妥
地放到碟子上，並利用番茄及其他蔬
菜，細心地拼出一個
可愛的「哈哈笑」

圖案作點綴，令她這道菜除了繽紛奪目外，更讓人看了樂開懷。

當趙老師一眼見到這道蛋包飯時，也不禁會心微笑，連連點頭讚好。

看着吳慧珠開心得合不攏嘴的樣子，周志明感到滿不是滋味，忍不住酸溜溜地喃喃自語：「哼，有什麼了不起？要不是我一時疏忽而失手，被老師稱讚的人就是我了！」

這天午飯的時候，文樂心、江小柔和謝海詩圍坐在吳慧珠的桌子前，好奇地連聲追問：「你的烹飪班上得怎麼樣？好玩嗎？」

經她們這麼一提起，吳慧珠就起勁了，笑容燦爛得好像整張臉蛋都快要裂成兩半似的：「當然是好玩極了！烹飪老師教我做一道『五彩蛋包飯』，我很快便學會了，老師還誇我做得好呢！」

對廚藝一竅不通的文樂心和江小

柔既欽佩又羨慕，異口同聲地喊：「珠珠，你真能幹啊！」

謝海詩也滿心期待地笑說：「珠珠，你什麼時候能做給我們嘗嘗啊？」

「好呀，我明天就帶回來讓你們試試！」珠珠爽快地答應。

黃子祺質疑地瞟她一眼，發出怪笑道：「不會吧，老師居然會誇你？要不是你自己亂編，就是那個蛋包飯實在太容易做了！」

吳慧珠受不了他那副看不起人的嘴臉，忍不住隨口說：「蛋包飯要

做得好可不容易，一不小心便會像周志明那樣把蛋包飯燒焦，功虧一簣啊！」

「怎麼忽然扯到周志明頭上來？」黃子祺呆了一呆，滿臉疑惑地問：「你是說我們班的周志明嗎？」

吳慧珠沒好氣地說：「不是他還能有誰？」

　　高立民詫異得睜大眼睛：「一個大男生居然跑去學烹飪？騙人的吧？」

　　周志明見珠珠竟然把自己參加烹飪班的事洩露出來，立刻臉色一沉，

惡狠狠地瞪了她一眼。

　　吳慧珠發現自己說漏了嘴，馬上掩住嘴巴不敢再多言，可惜為時已晚，同學們全都聽見了。

　　他們看了看周志明，又看了看吳慧珠，吃吃地取笑說：「原來你們一起去學烹飪了啊！」

「誰跟他一起去了？我們只是碰巧在廚藝學校裏遇上而已，你們別胡說八道！」吳慧珠趕忙澄清。

黃子祺掩着半邊嘴巴，故作驚訝地嚷嚷：「周志明，你身為男子漢竟然學烹飪？」

周志明氣憤極了，馬上出言反駁：「誰說男生不能學烹飪？你們沒看過電視台舉辦的『小廚神大賽』嗎？很

多參賽者也是男生啊！」

謝海詩斜眼看着他，搖搖頭笑道：「那些參賽者一個個都是廚師級的水準，你的廚藝能跟他們相提並論嗎？」

周志明很不服氣地輕哼一聲：「誰說我不能？如果我有機會跟他們較量，說不定我能打敗他們呢！」

高立民猛然拍一拍桌子：「你這麼一說，我倒是想起來了！前幾天我看到電視台的廣告，新一季的『小廚神大賽』已開始接受報名呢！」

「周志明，你的機會來了！」謝

海詩揚了揚眉，帶着挑釁的語氣向他喊話。

「沒錯，既然你這麼厲害，就讓我們見識見識嘛！」、「你一定要為我們男生爭回面子啊！」同學們你一言我一語的鬧起來。

周志明深知自己手藝未精，根本沒什麼勝算，卻又經不起別人再三的鼓動，不假思索便回應道：「好呀，參加便參加，誰怕誰啊！」

女生們見周志明答應參賽，都不想讓男生搶風頭，於是紛紛鼓勵吳慧珠說：「珠珠，不如你也一起參加，

看看你們誰的本領大！」

　　吳慧珠吃了一驚，急忙搖着頭推辭：「這怎麼可以？我不行的！」

　　謝海詩輕拍她的肩膊説：「怕什麼？你的能力不會比別人差，你要相信自己！」

　　文樂心和江小柔也鼓勵地説：「珠珠，我們支持你！」

　　其他同學見可以

看熱鬧，自然也就拍掌起哄，聲浪剎時響徹教室。

「真是不得了，我們班居然出了兩位準廚神呢！」、「我們快想想，看看該怎麼協助他們取勝吧！」

吳慧珠和周志明兩位當事人，連

反對的機會也沒有，便已經被大夥兒
推上了擂台。

　　二人一臉無奈地對視一眼，彷彿
都在埋怨對方道：「都怪你，如果不
是你，事情就不會演變成這樣了！」

　　雖然吳慧珠是在同學們的推波助瀾下，才無奈答應參加「小廚神大賽」，然而她心裏想：「罷了，既然決定參賽，我便全力以赴，算是給自己一個練習的機會吧！」

　　在接下來的三個多星期，她每天放學後都以前所未見的速度完成功課，然後匆匆跑進廚房幫忙預備晚餐，希望藉此加強刀工、調味及各種烹調方法的基本功，並同時開始着手

設計參賽的菜式。

　　經過多番嘗試和練習後，吳慧珠總算做出了一道連媽媽也讚口不絕的「馬鈴薯鮮蝦煎餅」，為她增添了幾分把握。

　　然而，到了比賽的那一天，當吳慧珠自信滿滿地來到電視台的集合地點時，才得知原來比賽規則已經更改，跟上一季比賽不同了。

　　節目主持人呂先生朗聲地向大家說：「今天是新一季『小廚神大賽』的第一場比賽，為了隆重其事，我們的比賽將改在戶外進行，並以即興的

方式進行比賽。請各參賽者按照指示，登上門外的旅遊車，一起出發到比賽場地！」

「糟糕，我辛辛苦苦練習了三個多星期的菜式用不上了，怎麼辦？」

　　吳慧珠頓時有些忐忑，反觀周志明
卻是興奮莫名，「嘩，第一次參賽
便可以到戶外拍攝，很刺激啊！」

　　吳慧珠不安地問：「他們到底
會帶我們到哪兒啊？」

　　一位看起來比他們還小的男

生，滿懷期待地接着道：「如果他們能帶我們到一所五星級餐廳作實景拍攝就好了！」

周志明笑了一聲說：「你想得真美！既然是高級餐廳，才不會招待我們呢！」

小男生摸着後腦勺，自嘲地笑一笑說：「我是不是太異想天開了？呵呵！」

這位小男生長着一張圓潤的臉蛋，一雙眼睛閃亮閃亮的，非常精靈，再加上那張帶點傻

氣的笑臉，十分討人喜
歡。吳慧珠主動向他
笑着點了點頭：「你
好，我叫吳慧珠，你
叫什麼名字？」

　　小男生禮貌地笑了笑
道：「我是盧傑恆，叫我小恆就好！」

　　「我叫周志明呢！」周志明也趕
緊自報姓名。

　　盧傑恆欣喜地跑上前拍一拍他的
臂膀：「報名參賽時，我一直擔心只
有自己是男生會很尷尬，現在有你作
伴，我就不怕寂寞了！」

三個志同道合的人聚在一起，話題自然特別多，登上旅遊車後，他們便天南地北的聊起來，不知不覺已抵達比賽場地——一個布滿各種蔬果的大農莊。

農莊四周全是一大片綠油油的菜田，一陣

微風吹過，碧綠的葉子迎風擺動，像
一羣穿着綠衣裳的孩子，向他們這些
小客人熱情地招手。

　　吳慧珠張開雙手，昂起頭，大口
大口地深呼吸，連聲讚歎：「嘩！這
兒的空氣比市區要清新得多了！」

周志明受不了她，俯身到她耳邊說：「請注意一下儀態好嗎？萬一被攝影師哥哥拍下來，你便會在全世界面前出醜啊！」

　　吳慧珠慌忙往左右張望，但見電視台的工作人員全都忙着跟農莊的負責人打點着，根本未有注意到他們，才知道周志明又故意嚇她了。

「周志明，你真可惡！」她生氣地握起拳頭，作狀要追打他。

周志明敏捷地往後一移，呵呵一笑道：「我是真心提醒你，怎麼反被埋怨啊！」

就在他們打打鬧鬧的時候，

主持人呂先生領着大家來到一個寬敞的食堂，然後向大家宣布：「今天的比賽，要求大家以三人為一組，於指定時間內完成三道菜，每人負責一道。」

盧傑恆向吳慧珠和周志明打了個手勢，高興地提議：「我們正好可以組成『無敵鐵三角』呢！你們説好不好？」

吳慧珠和周志明不太情願地互瞪一眼，不知內情的盧傑恆見他們都不作聲，倒以為他們是默許了，便隨即拍掌笑道：「太好了，我們合作愉快啊！」

就在這時，呂先生舉起一個小箱子對大家說：「至於這次比賽的食材，就是要大家就地取材。請每組從箱子裏抽出一張紙條，然後按紙條上的指示，從這兒飼養或種植的食物當中，挑選合適的食材製作菜式。」

「我來抽吧！」周志明自告奮勇地一躍上前。

當他抽出紙條一看後，便頓時萬分懊惱地撓着後腦，「粟米、木瓜、節瓜？這些全都是我不喜歡吃的食物，教我如何想得出菜式來？」

盧傑恆拍一拍胸膛道：「怕什麼？我們是『無敵鐵三角』，還怕想不出好點子嗎？」

吳慧珠也接着說：「小恆說得不錯，我們快四處找找看，先儘快把這些食材湊齊！」

有兩位拍檔跟自己一起並

肩作戰，比單打獨鬥的感覺好多了，
周志明立刻恢復鬥志：「好！時間緊
迫，我們邊走邊商量對策吧！」

第六章 必勝秘方

當他們離開食堂，走到外面那片偌大的農地時，才真正體會到這片農莊的面積到底有多大。極目四望，到處都是一片又一片翠綠色的農田，當中除了常見的生菜、番茄、粟米等蔬果外，還有其他較少見的品種，每種蔬果都長得既茂盛又鮮嫩。

吳慧珠雙眼閃閃發亮：「哎呀，

你們看，這兒的番茄多大、多豔紅啊！」

「這兒的蔬果比起菜市場裏賣的那些，不知要新鮮多少倍呢！」盧傑恆一躍上前，一把將當中長得最大、最紅的番茄摘下來，放進籃子裏去。

周志明模仿着一些食家的口吻說：「這就是現場採摘食材的好處嘛！」

他們沿着田埂繼續往前走，經過

冬瓜棚、粟米和生菜等田地後，眼前出現了一片水波漣漣的大池塘。

「咦，原來這兒還有一個大池塘呢！」吳慧珠驚喜地蹲在池塘邊往下看，「嘩，池塘裏養了很多又肥又大的魚啊！」

周志明白了她一眼：「誰家的池塘不養魚？少見多怪！」

這時，一位農莊的工作人員走過來，笑盈盈地對他們說：「孩子們，這個池塘裏有鯽魚、鯇魚、烏頭等等，味道都十分鮮甜，你們要不要撈一點回去做菜？」

　　「好主意啊！」

盧傑恆拍一

拍手，頓時有了靈感：「我們可以做一味『木瓜粟米鯽魚湯』，好嗎？」

吳慧珠被他一言驚醒，也立即接着說：「好啊，還順便可以做一道『魚肉釀節瓜』呢！」

周志明見他們轉瞬間便定好了各自的菜式，只有他自己仍然茫無頭

緒，不禁着急地問：「那我
呢？我可以做什麼？」

盧傑恆沉思了一下，才提議道：
「或許，你可以做一道『蒜泥炒雜
菜』。」

周志明一聽卻急了，「喂，小恆，
你不能這樣對我，拿一道這麼平凡的
菜去比拼，我哪有勝算可言？」

「放心吧，我們是榮辱與共的組員，怎麼會讓你輸？」盧傑恆胸有成竹地一笑，「相信我，我自有辦法！」

周志明見他不像開玩笑的樣子，也就點點頭道：「那我就姑且信你一回，你不許騙人啊！」

既然菜式已確定，他們一刻也不再耽誤，迅速地把所需的食材收集完畢後，便立刻返回大本營，開始動手處理食材。

為了爭取時間，他們很有默契地分工合作，周志明負責清洗食材、吳慧珠負責切菜、盧傑恆則負責為食材

配上調味料。

　　周志明瞥見盧傑恆面前放着一大堆醬汁和調味料，低着頭不停在攪拌，不禁疑惑地湊過去嗅了嗅，頓覺

香氣撲鼻，忍不住讚歎一聲：「這是什麼醬料？好香啊！」

吳慧珠也好奇地上前一嗅，問：「你到底放了些什麼？」

盧傑恆得意地呵呵一笑說：「這是我爺爺當年在五星級酒店當大廚師時，親自調製的秘方，我當然不能輕易向你們透露。不過，你們只要用這些調味料來炒這道雜菜，我敢保證必定可以拿高分！」

周志明皺着眉頭，不太相信地問：「這就是你的必勝秘方嗎？真有這麼厲害？」

吳慧珠卻恍然大悟地說：「哎喲，原來小恆的祖父是大廚師，怪不得你一個大男生會喜歡入廚！」

　　「當然！我爺爺是獲獎無數的頂級大廚師啊！」盧傑恆滿臉自豪地昂高下巴，「從小我便希望自己將來可以像他那樣，當一位出色的大廚師呢！」

　　吳慧珠豎起大拇指讚道：「小恆你的志向真遠大，我也要像你一樣堅持夢想，勇往直前！」

　　周志明除了佩服他對夢想的堅持外，更是深受鼓舞：「誰說男生不能入廚？很多大廚師也是男生呢！」

第七章 最不專業的智囊團

　　經過一番努力後，參賽者們都陸續把自己精心製作的菜式，仔細地盛好和放在桌子上，滿懷忐忑地靜候着評判們的評價，整個餐廳瀰漫着一片緊張的氣氛。

幾位負責評審的評判，走到每一
張桌子前，逐一品嘗小朋友們努力的
成果。

　　當他們來到吳慧珠那一組的桌前，吃了一口「蒜泥炒雜菜」後，都不約而同地連聲讚道：「這道炒雜菜的味道很特別，既有點酸甜卻又帶點兒辛辣，但味道拿揑得恰到好處，不會掩蓋了蔬菜本身的鮮味，很好！」

能得到評判們的一致讚賞，吳慧珠、周志明和盧傑恆自然都樂翻了天，尤其是盧傑恆，他一邊恭敬地感謝評判，一邊與吳慧珠和周志明交換了一個勝利的微笑。

　　憑着他們的通力合作，這個「無敵鐵三角」組合，總算得以順利進入複賽，真是皆大歡喜。

電視節目播出後的第二天，吳慧珠和周志明在學校可就大出風頭了！

　　他們剛踏進教室，文樂心、江小柔、高立民、胡直等同學們都一擁而上，爭相地向他們道賀。

　　文樂心開心地拍着掌説：「珠珠，恭喜你成功進入複賽啊！」

　　「珠珠，你很屬害啊！」江小柔

佩服地説。

　　謝海詩得意地交叉着雙手，擺出一副料事如神的樣子説：「看吧，我早就説過我們珠珠一定能成功嘛！」

　　高立民、胡直、黃子祺等男生們也不甘示弱，趕忙走上前稱讚周志明：「我們的周志明也同樣出色啊！」

「沒錯，我們班的同學都不同凡響！」其他同學們也興奮莫名。

黃子祺想起自己當初曾嘲笑周志明，不好意思地搔着頭，抱歉地說：「對不起，我不該取笑你的夢想。」

對不起，我不該取笑你的夢想。

周志明落落大方地聳了聳肩：
「若非你們的激勵，我才沒有這樣的
膽量和決心去參賽呢！」

　　「好了好了，」高立民從人叢中
站出來，示意大家把聲浪降低，「接
下來就要進入複賽了，你們想好對策
沒有？」

　　仍然情緒高漲的吳慧珠和周志
明，自然還未及細想往後的事，聽到
高立民這樣一問，都顯得一臉茫然。

　　黃子祺搖搖頭說：「你們不要掉
以輕心，參賽者們都很有實力的，你
們得先制定戰略才行啊！」

「沒錯！」胡直附和地點頭，「無論你們誰能出線，都是我們班的光榮，就讓我們來當你們的智囊團，為你們出謀劃策吧！」

文樂心無奈地攤了攤手：「可是，我們對烹飪這回事一無所知，又能如何幫助他們呢？」

高立民也自嘲地笑道：「嘿，我們這個智囊團，也實在是太不專業了！」

馮家偉忽然站了起來，害羞地托了托眼鏡說：「聽説，小柔的媽媽是烹飪導師，是真的嗎？她會有辦法幫

忙嗎？」

　　「對啊！我真笨，怎麼一直都沒有想到？」江小柔敲一敲後腦勺，「好，今天回家我便跟媽媽說去，請她無論如何也要幫幫忙！」

第八章 拜師學藝

　　小廚神初賽播出的那天晚上，

江媽媽也有陪在小柔身邊一起觀看，

當她看見珠珠比賽時那副正經的樣子
時，便連聲讚道：「小柔你看，原來

平日看起來嬌滴滴的珠珠，拿起鍋鏟時倒也有幾分大人的模樣呢！」

之後，江小柔跟江媽媽提出了指導珠珠和周志明的請求，她很爽快地一口答應：「好呀，只要他們肯用心學習，我一定義不容辭！」

江小柔高興極了，連忙感激地抱着媽媽説：「太好了，謝謝媽媽！」

　　能邀得小柔媽媽親自教授廚藝，吳慧珠和周志明自然歡喜萬分。到了周日那天，他倆一大早便來到小柔家，虛心地向江媽媽請教。

　　江媽媽對他們的要求也很嚴格，剛開始便開宗明義地跟他倆説：「烹飪是一門藝術，想要做得好，必須下一番苦工，經過長年累月的實踐，才能略有所成。不過，為了能讓你們在比賽中突圍而出，我特意針對你們的能力，設計了三道特色小菜，以供你

們作比賽之用。」

交待完畢後，江媽媽也不再多言，馬上把她精心設計的三道小菜，詳細地為他們講解及示範。

吳慧珠和周志明也很用心，雙雙捧着筆記簿站在一旁筆錄，很快便把江媽媽設計的「紅燒肉球」、「腐竹鮮蝦卷」和「宮保蝦仁」等三道菜全學會了。

二人各自回家後，都迫不及待地遵照江媽媽所教，把那三道菜重複地

做了一遍又一遍，
期望能以最短的
時間把手藝練
得純熟。

　　一天早上，
吳慧珠拿着她精心
製作的「紅燒肉球」回到學校，熱情
地招呼同學們説：「這是我一大早起
來做的小菜，特意帶回來給大家品
評，你們快來嘗嘗看啊！」

　　吳慧珠剛打開餐盒，立即香氣四
溢，餐盒裏盛着一個個圓滾滾的金黃
色肉球，肉球下面還鋪墊着厚厚的一

層雜菜和紅蘿蔔作點綴，令人垂涎欲滴。

文樂心、江小柔和謝海詩馬上湊前深吸一口氣，舔着嘴巴説：「嗯，好香啊！」

嗯，好香啊！

「試試看啊！」吳慧珠殷勤地把
筷子遞到她們面前。

試試看啊！

謝海詩搶先吃了一口，然後裝出
一副食家的模樣說：「味道濃郁，鬆
軟的肉質中夾雜着一些顆粒，嚼起來

既爽口又有彈性，挺特別的啊！」

「這些顆粒是以荸薺和香菇混和的，好吃嗎？」吳慧珠得意地解釋。

吃完肉球的謝海詩舔着嘴巴，一臉回味地連連點頭：「如果能搭配辣醬一起吃，那就更完美了！」

文樂心邊吃邊口齒不清地說：「珠珠，這道菜叫什麼名字？」

吳慧珠聳了聳肩：「其實我還未拿定主意是否以這道菜參賽，所以還沒有為它起名字，你們有什麼好主意？」

江小柔思量了一下說：「這肉

球外表金燦燦的，不如就叫『紅燒金球』吧？」

謝海詩皺着眉頭道：「『金』字會不會有點俗氣？」

黃子祺忽然把頭湊過來，呵呵笑道：「叫『珠圓玉潤球』如何？正好跟珠珠本人相配啊！」

他此話一出，別說是吳慧珠本人，就是文樂心、江小柔和謝海詩等女生們也紛紛出言斥責黃子祺：「你怎麼能這樣出口傷人？珠珠可是在為我們爭光呢！」

黃子祺搖搖頭說：「她能不能爭

光還不一定呢！更何況，能為我們爭光的並不只她一人，還有我們的周志明呢！」

這時，周志明剛好走進教室，聽見別人提起自己，好奇地問：「怎麼了？你們在找我嗎？」

吳慧珠見周志明走過來，立刻把餐盒往懷裏一收，不想讓他看見，誰知還是晚了一步，他已瞥見餐盒裏的肉球了。

周志明見她一臉閃縮的樣子，忍不住輕蔑地笑着說：「豬豬你不用藏了，我已經看到啦！」

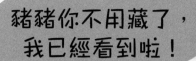

豬豬你不用藏了，
我已經看到啦！

　　吳慧珠裝作不知地乾笑一聲：
「你胡說什麼？我哪有藏什麼啊？」
　　周志明也不把事情揭穿了，只輕
笑一聲便轉身取出一個大餐盒，朗聲

地跟大家説：「如果大家覺得豬豬做的肉球不合口味，沒關係，快趁熱來試試我這道『腐竹鮮蝦卷』，保證讓大家胃口大開呢！」

吳慧珠頓時生氣地吼道：「周志

周志明你説
什麼！

明你説什麼！」

　　周志明向她揚一揚眉，帶着挑戰的口吻説：「如果你覺得不服氣，就請你拿出看家本領，複賽時跟我一決高下吧！」

　　吳慧珠不甘示弱地回嘴：「難道我還怕你嗎？你等着瞧吧！」

第九章 正面交鋒

萬眾期待的小廚神複賽，終於要舉行了。參賽者一大早便齊集在電視台的錄影廠，摩拳擦掌地預備迎

接這個重要時刻。

經過一個多月的反覆練習，吳慧珠和周志明同樣蓄勢待發，準備在熒光幕前一展身手。

周志明跟吳慧珠一碰面，便立刻追問：「你打算以什麼菜式參賽？」

吳慧珠滿懷自信地回答：「當然是我最有把握的『宮保蝦仁』啦！」

「什麼？」周志明一驚，「你的拿手菜式不是『紅燒肉球』嗎？」

吳慧珠聳了聳肩說：「起初的確有這個打算，但後來我覺得『宮保蝦仁』較易上手，又不會因

為菜名而被別人取笑，所以我就改變主意了！」

「不行，你得改回去！」周志明語氣強硬地說。

吳慧珠愕然：「為什麼？」

周志明輕哼一聲道：「我早已決定以『宮保蝦仁』作為參賽作品，你不可以搶了我的菜式！」

「你怎麼能惡人先告狀？我只見你做過『腐竹鮮蝦卷』，卻從來沒有聽你說過要以『宮保蝦仁』參賽，我怎麼會知道？更何況，比賽規則根本未有列明參賽者不能以相同的菜式參賽啊！」吳慧珠很不以為意。

「我不管，我說不行就不行！」周志明橫蠻地說。

吳慧珠被他蠻不講理的態度氣瘋了：「憑什麼我就一定要聽你的？我

偏不！」

在互不相讓的情況下，二人都決心要以相同的菜式參賽，來一個正面交鋒！

不一會兒，比賽節目正式開始，主持人向在座的參賽者說：「今天我們會先帶大家到附近的菜市場，按你們定下的自選菜式和大會提供的金錢，各自採購所需食材，然後再回到這兒完成賽事。請大家注意，你們必須於指定的時間內完成菜式，否則便作棄權論啊！」

大家聽了都不敢怠慢，急忙地收

拾好行裝，預備隨隊出發購物。

攝製隊帶着參賽者來到一個規模
頗大的菜市場，裏面的攤檔很多，貨
品林林總總，應有盡有。

參賽者的手上都拿着一
張購物清單，待主持人
一聲令下，便立刻展開

敏捷的身手，各自尋找需要的物品。

　　吳慧珠自然也不例外，立刻轉身向海鮮攤檔走去。

　　這兒雖然有幾個海鮮攤檔，但有賣海蝦的攤檔不多，吳慧珠左瞧瞧、右看看，卻怎麼也看不上眼，正在煩惱之際，盧傑恆來到她身旁，指着最後排的一個攤檔說：「那個攤檔的海蝦最新鮮，我剛才買了一大袋蝦，挺不錯的！」

　　「真的？」吳慧珠看了他手中透明的袋子一眼，只見袋中的海蝦還在

活蹦亂跳的，果然十分新鮮。

　　那攤檔的海蝦已經所剩無幾了，吳慧珠怕再遲疑便會賣光，於是也不再多想，立刻上前預備跟檔主說話，

誰知身後有人搶先一步說：「老闆，這些海蝦我全要了！」

吳慧珠回頭一看，原來正是可惡的周志明！

她不禁生氣地踩一踩腳：「周志明，你怎麼能搶我的蝦啊！」

「你還未付款吧？怎麼就是你的了？」周志明不客氣地反駁。

吳慧珠頓時說不
出話來，深知自己爭不
過他，但仍心有不
甘地說下去：「是
我先看中了的，
你這樣搶過去，
實在太沒禮貌了！」

　　周志明攤了攤手，擺出一副愛莫
能助的神情說：「現在是比賽，當然
是先到先得，請恕我無法禮讓了！」

　　吳慧珠氣得滿臉通紅，卻又無可
奈何，正苦惱着該怎麼辦，旁邊的盧
傑恆忽然笑着揚起自己手中的那袋海

蝦，「你們都別鬥氣了，其實剛才我是多買了一些作備用的，不如我們把海蝦平分吧！」

吳慧珠這時才轉憂為喜，連忙感激地說：「還是小恆最好了！」

周志明雖然跟吳慧珠互不相讓，但心裏其實也希望珠珠能和他一起入選，現在聽到盧傑恆願意相助，自然也很樂意：「謝謝你，小恆！」

盧傑恆向他們眨一眨眼睛，呵呵一笑：「客氣什麼？別忘了，我們是有着共同夢想的『鐵三角』呢，當然要互相幫忙嘛！」

全賴有盧傑恆從中協助，不但化解了一場不必要的衝突，更讓他們三人在不知不覺中，建立了美好的友誼。

第十章　美好的友誼

電視台錄影廠裏的一景一物，雖然都只是拍攝用的道具，但當中的煮食用具和設備，倒是可以跟廚藝學校媲美。

當各參賽者採購完畢後，便立刻按指示來到自己的工作枱前，開始埋頭苦幹起來。

忙了好一陣子，當吳慧珠把買回來的鮮蝦處理妥當，正預備把它們放入鍋中烹調時，忽然聽到身後傳來「乒乓」巨響，緊接着又是

「哎呀」一聲。

　　吳慧珠吃了一驚，急忙回頭一看，只見身後的盧傑恆正一臉不知所措地

　　望着地面，一個被打翻了的鍋子跌在
地上，半熟的海蝦散落一地。

　　盧傑恆立刻蹲下身來，把它們一
隻一隻地撿起來。

　　吳慧珠和周志明見狀，也毫不猶
疑地上前幫忙。他們撿着撿着，盧傑

恆忽然停了下來，垂頭喪氣地說：「算了吧，不用撿了！」

吳慧珠呆一呆：「為什麼？」

盧傑恆心灰意冷地說：「海蝦已經全弄髒了，即使我把它們清洗乾淨，然後重新入鍋，也再做不出原來的味道與質感了！」

沒有了食材，便無法完成賽事，之前所做的一切功夫都白費了。盧傑恆越想越是不甘心，忍不住嗚嗚的哭了起來。

　　周志明拍一拍他的肩膊說：「別哭了，不過就是一場比賽而已，輸便輸嘛，下次再努力就好。我們的夢想之路，是不會就此完結的！」

盧傑恆猛力地拭着眼睛說：「你不明白！我爺爺病重了，他一直渴望我能像他一樣，當一位獨當一面的大廚師。我之所以參加『小廚神大賽』，也是希望可以透過這個節目，讓他見識一下我這個孫兒的能力，一圓爺爺的心願。我以為我可以做到了，但怎麼也沒想到自己會一時失手，便錯失了這個寶貴的機會。」

　　看到盧傑恆那麼難過，吳慧珠也有些感同身受，連忙柔聲地安慰道：「小恆，你先別哭，也許還會有轉機呢！」

「沒錯，我們『鐵三角』一起想辦法！」周志明也趕忙點頭。

「還能有什麼辦法？現在距離比賽結束只剩下四十分鐘，根本來不及再去買

食材了！」盧傑恆苦惱地搖搖頭。

　　吳慧珠忽然靈光一閃：「我不是
也有海蝦嗎？我可以分一些給你！」

　　周志明也恍然地喊：「對啊，我
也有呢！」

盧傑恆連忙擺手推辭：「不行，你們把食材都給了我，那麼你們怎麼辦？」

　　「沒關係，我們可以看着辦！」吳慧珠無所謂地笑笑，「一個好廚師，當然要學會隨機應變嘛！」

　　周志明笑着附和：「就是嘛，這麼小的問題，怎麼會難倒我？」

　　盧傑恆頓時既驚喜又感動：「能跟你們成為朋友，我真是幸運極了！」

第十一章 雖敗猶榮

　　在吳慧珠和周志明的幫助之下，盧傑恆終於順利完成了比賽，並成功進入下次的複賽。

　　至於吳慧珠和周志明，由於食材的分量少了，做出來的菜式，無論在色、香、味三方面都不免有點遜色。

　　當評判們為他倆評分時，都惋惜地搖着頭，其中一位評判慈愛地笑着說：「你們願意犧牲自己來成全別人，讓我們都非常感動。不過，因為這是一場比賽，我們不得不保持公正，你

們的菜式因食材不足而影響了評分，
無法進入下一輪的比賽，真是十分抱
歉。」

雖然是意料中事，但吳慧珠和周
志明仍然難免有些失落，不過得知盧
傑恆能順利入圍，自己的付出沒有白
費，心裏也很感安慰。

然而，周志明卻
有點擔心地説：「我
們這樣雙雙出局，該
怎麼向同學們交
待啊？」

樂觀的
吳慧珠瀟灑
地一笑說：
「你忘了
江阿姨曾經説
過，廚藝是一門大學
問，要經過千錘百鍊
才能有成嗎？既然
如此，我們失敗一次
算得什麼？而且，學烹飪是我們自己
的夢想，無論成敗也跟別人無關，有
什麼交代不交代的？」

「你説得對！」周志明難得跟她

意見一致，「我們雖然落敗，但從中也獲益良多，還贏得了友誼，總算是不枉此行了！」

　　節目播出後的第二天早上，當吳慧珠和周志明懷着會被同學嘲笑的心情回到學校，才剛踏進教室，便聽到一陣轟然的歡呼聲。

「怎麼回事了？」吳慧珠一抬頭，只見同學們都擠在教室門口，熱情地迎接着他們。

「我們的大英雄回來了！」、「珠珠萬歲！」、「周志明萬歲！」。

「怎麼回事？」猛然受到同學們英雄式的歡迎，吳慧珠和周志明受寵

若驚，急忙向大家揮手，「謝謝，謝
謝大家！」

文樂心和江小柔第一時間衝上
前，親暱地挽着吳慧珠的手，起勁地
追問：「拍攝節目是不是很好玩？有
沒有遇上什麼大明星？」

謝海詩着急地打斷她們：「這些
問題都不是最重要的，還是快請他們
說說那天的英雄事跡啊！」

「對對對，我最想知道你們為什
麼會幫那個小男生啊？」黃子祺也好
奇地問。

像明星般被人圍着的感覺實在

是太棒了，周志明裝模作樣地輕咳一聲，才添油加醋地說：「你們有所不知，那位小男生，其實是為了病重的祖父才參賽的。如果他因為一個小錯誤而無法再比賽，不但會很遺憾，更可能成為他一輩子的陰影。我們都被他的一片孝心所感動，便決定幫助他了！」

高立民也深感佩服地讚道：「雖說『助人為快樂之本』，但你們在重要關頭仍能無私地伸出援手，實在難能可貴呢！」

吳慧珠被這突如其來的稱讚弄得

不好意思，連連擺着手説：「其實也沒什麼大不了，不過就是一場比賽而已，下一季我們再捲土重來不也是一樣嘛！」

「沒錯！」周志明充滿鬥志地緊握拳頭，「到時候我們的準備必定會更充分，説不定能一舉拿下『小廚神』的美譽呢！」

「好，我們一定會全力支持你們！」同學們齊聲鼓勵。

第十二章 眾望所歸

　　隨着吳慧珠和周志明的比賽結束，一切又再回復到正常的軌跡。

　　吳慧珠和周志明仍然定期到廚藝

學校上烹飪班，不同的是，現在他們成為了志同道合的好朋友，經常一起切磋廚藝，共同朝着夢想進發。

一個周末的早上，當吳慧珠換上衣服，預備出門購買一些製作蛋糕的材料時，家中的電話忽然響了起來。

不一會兒，吳媽媽把電話遞到她

面前説：「找你的。」

　　吳慧珠不禁一驚，很少人會打電話給她，「是誰呢？」

　　「你自己聽聽就知道了啊！」吳媽媽神秘地笑一笑。

　　吳慧珠感到更疑惑了，只好接過電話。

　　話筒裏的人熱切地説：「吳慧珠同學，我是『小廚神大賽』的負責人，我們想邀請你以嘉賓的身分，再次參加下一次的比賽呢！」

　　「什麼？真的假的？」吳慧珠不敢相信自己的耳朵。

什麼？
真的假的？

「當然是真的啦！」電話裏的人哈哈一笑，「自從上次的複賽播出以來，你和周志明同學捨己為人的行為，得到許多觀眾的熱烈讚揚，大家都強烈要求我們可以特別處理。既然是眾望所歸，我們便決定再給你們一次機會，以表揚你們的好行為。」

「嘩，太棒了！」吳慧珠高興得跳起來。

星期一回到學校，吳慧珠還來不及開口，周志明已經搶先拉着她一個勁地報喜：「珠珠，你有沒有收到電視台的電話？我們可以再上節目比賽了呢！」

　　「當然有啦，這種好事情，怎麼能少了我的份兒？」吳慧珠得意地笑道。

　　消息一下子在班中傳開了，同學們紛紛向他們道賀：「恭喜你們，終於又可以為我們爭光了！」

　　江小柔一本正經地說：「珠珠，這是最後機會，不容有失，我回家請

媽媽再次為你制定必勝策略！」

　　旁邊的周志明聽見，急忙指了指自己，提醒她道：「還有我啊！」

　　「放心，一定少不了你的份兒。」江小柔笑嘻嘻地說。

　　吳慧珠白他一眼：「你不是很厲害嗎？就不必學了吧？」

　　周志明向她瞪一瞪眼：「我警告你，你不能再搶我的菜式啊！」

　　吳慧珠故意挑戰他，揚一揚眉說：「怎麼啦？難道你

139

怕了？」

　　「哼，你儘管來吧，我才不怕呢！」周志明毫不示弱地回應。

　　換了平日，文樂心、高立民和江小柔必定會上前勸解，但這次他們不但袖手旁觀，還暗暗偷笑道：「太好了，接下來的幾個月，我們必定口福不淺呢！」

鬥嘴一班學習系列

- 每冊包含《鬥嘴一班》系列作者卓瑩為不同學習內容量身創作的 全新漫畫故事，從趣味中引起讀者學習不同科目的興趣。
- 學習內容由不同範疇的專家和教師撰寫，給讀者詳盡又扎實的學科知識。

本系列圖書

英文科
漫畫故事創作：卓瑩
學科知識編寫：Aman Chiu

最新出版

精心設計 36 個英文填字游戲，依照生活篇、社區篇、知識篇三類主題分類，系統地引導學習，幫助讀者輕鬆掌握英文詞語。

中文科
漫畫故事創作：卓瑩
學科知識編寫：宋詒瑞

成語　　　錯別字

兩冊分別介紹成語的解釋、典故、近義和反義成語；以及常見錯別字的辨別方法、字義、組詞和例句，並提供相應練習，讓讀者邊學邊鞏固知識！

常識科
漫畫故事創作：卓瑩
學科知識編寫：新雅編輯室

透過討論各種常識議題，啟發讀者思考「健康生活、科學與科技、人與環境、中外文化及關心社會」5 大常識範疇的內容。

數學科
漫畫故事創作：卓瑩
學科知識編寫：程志祥

精心設計 90 道訓練數字邏輯、圖形與空間的數學謎題，幫助讀者開發左腦的運算能力和發揮右腦的創造潛能。

各大書店有售！　　定價：$78／冊

鬥嘴一班
追夢小廚神

作　　者：卓瑩
插　　圖：Alice Ma
責任編輯：葉楚溶
美術設計：陳雅琳
出　　版：新雅文化事業有限公司
　　　　　香港英皇道 499 號北角工業大廈 18 樓
　　　　　電話：(852) 2138 7998
　　　　　傳真：(852) 2597 4003
　　　　　網址：http://www.sunya.com.hk
　　　　　電郵：marketing@sunya.com.hk
發　　行：香港聯合書刊物流有限公司
　　　　　香港荃灣德士古道 220-248 號荃灣工業中心 16 樓
　　　　　電話：(852) 2150 2100
　　　　　傳真：(852) 2407 3062
　　　　　電郵：info@suplogistics.com.hk
印　　刷：中華商務彩色印刷有限公司
　　　　　香港新界大埔汀麗路 36 號
版　　次：二〇一九年三月初版
　　　　　二〇二二年十一月第五次印刷

ISBN: 978-962-08-7232-7
© 2019 Sun Ya Publications (HK) Ltd.
18/F, North Point Industrial Building, 499 King's Road, Hong Kong
Published in Hong Kong SAR, China
Printed in China